지뢰꽃

지뢰꽃

정춘근

305

실천문학사

제 1 부

제 2 부

제 3 부

제 4 부

제1부

지뢰꽃

월하리를 지나
대마리 가는 길
철조망 지뢰밭에서는
가을꽃이 피고 있다

지천으로 흔한
지뢰를 지긋이 밟고
제 이념에 맞는 얼굴로 피고 지는
이름 없는 꽃

꺾으면 발밑에
뇌관이 일시에 터져
화약 냄새를 풍길 것 같은 꽃들

저 꽃의 씨앗들은
어떤 지뢰 위에서
뿌리 내리고
가시철망에 찢긴 가슴으로

꽃을 피워야 하는 걸까

흘깃 스쳐 가는
병사들 몸에서도
꽃 냄새가 난다

지뢰알

저 쑥대밭에 지뢰는
알이 통통히 들었겠다
서리하는 놈 없어
뿌린 대로 여물었겠다

이제는 캐내
가마니에 담아 두었다가

껍질 벗겨
가마솥에 쪄 먹을까
맷돌에 갈아
부침개나 부쳐 먹을까
썩은 놈은 우려내
개떡이나 빚어 먹을까
떫은 놈은 처마에 매달아
곶감이나 해먹을까

그래도 남는 놈을

화분에 심어 놓으면
봄에는 꽃을 보려나

문혜리 가는 길

가슴이 답답한 날에는
문혜리 사격장으로 가서
박격포 소리를 듣는다

귓속으로 날아든 폿소리는
뇌 중심에 정확히 떨어져
혼란한 생각을 몰아낸다

입안 가득 고여 드는 폿소리는
식도를 타고 내려가
막혀 있는 가슴을 뚫고
창자 안에서 몸서리를 친다

자장가 대신 폿소리를
듣고 자란 오장육부는
이미 군사 체질화되어 있다

문혜리 사격장에 가면

퐛소리에 뿌리내린 아카시아에
훈장을 달아 주고 싶다

아카시아

지뢰밭은
아카시아 몇 그루 키우는
우리들 정원

서둘러 묻은 주검들을
거름 삼아 아카시아는 자라고
사람들 피가 흐르던 땅
꽃에서는 피 냄새가 나지 않는다

해마다 오월이면
순백의 꽃은 피어도
발밑에 지뢰는 그대로이고
철조망 가시는 날카롭다

우리들은
정원에 들어갈 수 없으며
병사들 총에서 나는 화약 냄새는
여전히 향기롭다

벽 틈의 풀

총알 자국 포 구멍뿐인
벽 틈에 뿌리내린
풀에서는 빛이 난다

화약 냄새 가시지 않는
콘크리트 벽을 움켜쥐고
잎 새를 파랗게 갈아
분단의 하늘을 휘젓고 있는
이름 없는 풀의 생애가 아름답다

눈물 나게 바라보는 우리는
나그네일 뿐
이 노동당사의 주인은
폭염에 시들지 않고
반짝이는 작은 풀이다

풀의 타는 목마름을
내 심장의 피로 적셔주고 싶다

승일교

소련식 교각 세울 때
강은 이질감에 몸부림쳤으리
미국식 교각 세워질 때
강은 피눈물을 흘렸으리

소련식 다리 위에 서면
좌익이 되는 걸까
미국식 다리 위에 서면
우익이 되는 걸까

거대한 교각에 부딪치는
강물이 유난히 시퍼렇다

* 승일교는 공산치하 때 소련 식으로 반 만들었고 수복 후에는 나머지 반이 미국식으로 완성된 한탄강에 있는 다리이다.

노동당사

빨간 모자를 벗어라 관광객들아
여기를 로마 유적쯤으로 생각하려거든
냉큼 떠나라
이곳은 원통하게 죽은 귀신들이 쉬는
유일한 사당이니

어떤 자리에 서서
찍는 사진이 폼이 날까
망설이는 구둣발 아래
누구 기억에도 인화되지 못한
귀신이 울고 있나니

셔터를 누르는 집게손가락에
그 손가락으로 방아쇠를 당기던 총알에
죽은 귀신들이 몸서리치나니

구멍 난 건물 보고 경탄하는 눈
철새들 아우성이나 듣는 귀

한탄강 얼음물에 정갈히 씻고
망자의 마음을 다시 와
밤에 뜨는 총총한 생별보다
더 많은 귀신들이 가슴에
총칼 자국을 지우고 있는 신음 소릴
무릎 꿇고 같이 들어보자

뼈

묵정밭을 갈다 굴러 나온
뼛조각 하나가 생각나게 한다

일제 때 징용 나가 소식 없다는
할아버지를

난리 통에 생이별한
아버지를

미군 훈련 나온 저녁
빨래터 나가서 돌아오지 않는 누나를

대학 자취방에서 어디론가 끌려가
연락 없는 동생을

내 깜깜한 기억 속에
도깨비불 켜고 달려드는 뼛조각 하나가

오디가 익던 날

지뢰밭 뽕나무에 오디가 익던 날
우리들은 사격장에 탄피나 캐러 가고
배가 고프면 아카시아 꽃이나
따먹으면 배부른 걸
내 친구 영섭이는 지뢰밭
가시철망에 올라가 오디를 따다가
발을 헛딛어 지뢰밭 안으로 떨어졌었네
지뢰가 터져 두 다리가 끊어져서도
철조망 밖으로 기어 나와
사방공사에 나간 에미를 부르다
죽은 내 친구 영섭이는
두 손에 거무죽죽한 오디를 꼭 쥐고 있었네
시퍼렇게 뜬 두 눈은 뽕나무를 보고 있었네

바둑을 두며

한반도는
흑백 논리로 싸우는
큰 바둑판이다

놈들이
흑백 논리를 쥐어 주면서
훈수하러 덤벼들었을 때
한반도는 남의 판이 됐다

목숨 걸고 싸웠고
처자식 내외간 인연을 끊고도
아직도 끝나지 않은
흑백 논리 판 뒷전에 앉아
계산을 하고 있는 저놈들

냅다 이마빡에 돌을 던지고
판을 엎고 싶다

한반도 창자

안보관광 나선 길
지도를 펼치면
제2 땅굴은
한반도 창자쯤 된다

구불구불한 굴속을
더듬는 발길을 막은 벽은
허리를 조른 철조망 뿌리가
파고든 것일까

앞뒤로 막힌 묵은 체증에
기진맥진 허기진 몸은
지금도 남의 기운에
기대고 살고 있나 보다

막힌 벽을 두드리다 돌아 나와
땅굴 밖에서 듣는 폿소리는
빈창자 요동 소리로만 들린다

삐라1
–종이비행기

종이가 귀하던 시절
들판에 떨어진 삐라로
비행기 접어 하늘에 날렸다

삐라는 치열한
사상성을 상실한 채
우리들 놀잇감으로 접혀
논길이나 신작로를 뒹굴다
마차 바퀴에 구겨지거나
소똥 범벅이 되기만 할 뿐

밤새 떨어진 삐라로
비행기 접어 날릴 생각을 하면서
학교 가는 길
푸른 하늘에 흰 꼬리 만드는
비행기 굉음이 시끄러웠다

삐라2

–딱지치기

아무리 생각해 봐도
여름에는 딱지치기만큼
재미있는 일은 없었다

선생님이 나누어 준
갱지 시험지로 접은 딱지는
몇 번만 내리치면 찢어지고
신문지로 접은 딱지마저
한나절이면 찢어져
우리에게는 색색으로 윤이 나는
삐라로 접은 딱지만 남았었다

팔이 빠지도록 쳐도
삐라에 인쇄된 사람들은
행복하게 웃고 있었고
우리는 삐라에 적힌 구호보다
더 열심히 딱지치기를 했다

실향민 아버지가
내 삐라 딱지를 풀어
수심 가득한 얼굴로
유심히 읽는 밤에도
대남 대북 방송은 멈추지 않았다

삐라3
–국기에 대한 경례

인공기를 처음 본 것이
저녁 무렵 운동장에
떨어지던 삐라에서였다

공습 사이렌 울리듯
하기식 애국가 들릴 때도
삐라는 떨어지고 있었다

우리들은 경건하게
국기에 대한 경례를 했다
삐라를 꼭 쥔 채

느릿느릿 국기를 내리는
선생님 눈가에서 반짝이던
눈물의 이유를 우리는 몰랐다

삐라4

–평양댁

삐라 열 장 모으면
열필이 한 자루인데

들깨 심던 호미 들고
팔랑이는 삐라 좇아
지뢰밭까지 들어갔다
발목 없는 평양댁

그 연필로 키운 의사 아들
행여 오늘은 올까나
들깻잎 한 장 따고
큰길 한 번 바라보다
깻잎 열 장씩 묶어
장날 내다 팔 생각뿐인데

서러운 하늘에는
떨어질 삐라도
이제는 없나 봅니다

인민군 감옥1

월하리 새우젓 고개 옆
급수지 아래 지하에는
인민군 감옥 세 곳이 있었다

산그늘이 깊은 그곳
잡목들이 무성하게 자라고 있어
미군 폭격을 피할 수 있는
하늘이 내린 요새였다

치안대에서 활동한 사람
인민군에 입대하지 않은 청년
남쪽으로 피난 가다 잡힌 가족들
1호실, 2호실 감옥 밀어 넣고

인민군 사무실
취조실, 고문실로 연결된
3호실 감옥으로
죄수들을 불러서

혹독하게 조사했다

그래도 감옥이라고 하루에 한 번씩
돌피로 만든 주먹밥 한 덩어리
구정물 한 컵을 배식했는데
더 달라고 하면 발길질이 날아왔다

배고픔을 참지 못한
사요리 기름집 아저씨는
자기 검정 고무신에 오줌을 받아먹고
현장에서 즉사했다

제 2 부

비무장 지대1
-흰나비

비무장 지대에
흰나비 한 마리가 날아간다
순수한 작은 몸짓에
남과 북 조준경이 일제히 맞춰지고
미국 중국 일본 소련 놈들
인공위성 감시의 눈길도 집중된다
이 살기殺氣를 모르는
흰나비가 나풀거릴 때마다
비무장 지대 전체가 흔들거린다

나비는 더듬이로 느끼는
자유로운 감각을 찾아 날아간다
갈아세운 칼끝과 총구를 지나
철조망 사이를 빠져나와
임자 없는 철모 위를 맴돌다
민들레꽃에 앉는다

잠시

비무장 지대가 평온해진다

비무장 지대2
–철조망

나는 철조망에 갇혀 사육되고 있다

겹겹 철조망 안에서
우익 이념을 먹고 자란
내 뼈와 살과 정신에서는
묵은 노린내가 코를 찌른다
태어날 때 다리에는
우익 족쇄가 채워졌고
등짝에는 우익 낙인이 찍혔다

이 거대한 우익 목장 주인 놈이
철조망을 걷지 않는 한
나는 사육 당하고 있을 것이다

저편 철조망 안에서는
내 족속들이 좌익으로 사육되고 있다

비무장 지대3
–가을

한바탕 격전을 치른 듯
밤하늘 별빛을
총알구멍으로 헤아리고 있노라면
기상나팔을 불지 않아도
새벽이 온다

안개가 기어오르는
산봉우리 GOP에서
불쑥 아리랑을 선창한다면
목이 터져라 복창할 수 있다 우리는

핏발선 병사들 눈을 파고드는
쓰라린 햇살이 오는 아침
갈대는 몸을 비벼 비쩍 말라 가고
단풍은 홀로 서럽게 물든다
잘 익은 도토리도 지쳐 떨어진다

크레모아 선에 매달린

이슬방울이 후두둑 떨어질 때
반짝이는 섬광에 놀란 새 한 마리
겹겹 정적을 들썩이며 날아오른다
순간 병사는 방아쇠에 손가락을 걸고
가늠쇠 둥그런 틀에 갇힌 새를 바라본다

철조망 아래서는
들국화가 피고 있다

비무장 지대4
-까치집

꾸부정한 밤나무 잔가지에
까치집 하나 얹혀있다

솜털 송송한 까치 삼 남매
대남 방송을 듣고 있다

개구리 잡다 지친 어미 까치
녹슨 철조망에
뭉툭한 부리를 닦는다

내일 병사들 사계청소 작업에
저 밤나무는 잘려 나갈 것이다

비무장 지대5
-섬

월정역 전망대에서 바라본
비무장지대는 바다였다
가물가물 보이는
북쪽은 섬이었고
남쪽도 섬이었다

철책은 방파제였다
한 번 무너져 내리면
섬들을 가라앉히고 남을
깊은 침묵이 흐르는 바다를
힘겹게 막고 있는

비무장 지대는
동해에서 서해로 흐르는
망망대해였다
어렴풋이 보이는 섬으로
배 한 척 띄울 수 없는
죽음의 바다였다

수복 지구1
–고향이 된 지뢰꽃 마을

아버지는 황해도 연백사람
할아버지 손 잡고 천릿길 걸어
피난살이 나선 실향민
어머니는 평북 정주사람
오빠 손에 이끌려 목선을 타고
목포까지 피난 온 월남민
앞집은 보릿고개 피해
조선팔도를 떠돌던 경상도 문딩이
뒷집은 똥구멍 찢어지는 가난이 싫어
무작정 흘러온 전라도 깽깽이
옆집은 머슴살이 쫓겨나
막노동판을 전전하던 충청도 양반
이렇게 빈손 맨몸뚱이로
수복지구까지 밀려온 사람들이
허허벌판에 집을 짓고
지뢰밭 개간하며 악착같이
살아온 이 땅은 평생 타향이지만
알곡 같은 내 자식에게는 정겨운 고향이라네

수복 지구2
–팔려온 여자

보릿고개를 넘지 못해
부모들이 팔아넘긴 처녀들이
땡볕 먼지를 뒤집어 쓴
낡은 트럭을 타고 찾아오면
난리 통에 장가 못간 노총각들 홀아비들
고물 팔아 품 팔아 꼬깃꼬깃 모은 돈으로
여자들을 샀네
물 한 바가지 떠놓지 못하고
초야를 치르고 살았네
팔려온 억장 가슴 서러워
흰 수건 질끈 동여매고
삽날이 보이지 않는 저녁까지
호미 날을 더듬어 찾는 새벽녘에도
이슬을 장딴지 적시며 들에 나가 일을 했네
손가락 발가락이 뭉툭해지도록
논두렁 밭고랑에서 평생을 살았어도
집 있고 땅 있어 후회 없이 행복했네

수복 지구3
–춘천댁

금학산 자락 밑
외딴집에 사는 고물장사 내외를
춘천댁이라 불렀네
박격포 불발탄을 모아들여
구리 놋쇠 분해하여
운천에 내다 팔고 살고 있었네
유난히 금학산 노을이
피 보라를 치던 저녁에도
춘천댁 내외는 정답게 앉아
불발탄을 분해하고 있었네
박격포 옆에서 놀던 젖먹이가
잘못 건드린 뇌관이 터지면서
마당에 불발탄들 폭발한 자리에는
춘천댁 내외는 없었네
젖먹이도 없었네
마당에는 웅덩이만 남았었네
나뭇가지에 걸린 살점을 뜯어내
묻어야 할 구덩이만 남았었네

수복 지구4
–헬로우 짭짭

배곯아 허기에 지친 여름날
피라미 조무래기 떼 지어 놀던
사문안천 자갈밭을 따라
양코배기 깜둥이들이
탱크를 타고 왔네
어른들은 뚝방에 모여
전쟁이 날 것 같다며 웅성거려도
우리들은 냇가로 몰려들어
헬로우 짭짭 합창을 했었네
그때 양키들이 던지는
잼 통조림 깡통에
마른버짐 헌디 딱지 듬성듬성 붙은
우리들 머리가 터져도 좋았네
빵 껌 초코렛에서
노린내가 진동해도 좋았네

수복 지구5
–어떤 저녁

개똥벌레 불빛이 조명탄에 섞여 날고
옥수수 대궁에서 사각이던 바람이
걸어 잠근 문고리를 흔드는 밤
바로 귓속말로 들리는
대남 방송 총소리 폿소리
탱크 소리 군화 소리를
자장가 삼아 우리들이
잠들고 있을 때
어제 부임한 여선생은
뜬눈으로 밤을 지새고
서울 집으로 돌아갈
짐 보따리를 싸고 있었다

수복 지구6

–빼앗긴 땅

미제 라디오 부속품으로 만든
지뢰 탐지기로 한발 한발 개간한 땅
써레질하던 소 발목이 지뢰에 끊어지던 땅
논두렁에 걸어 놓은 점심 화덕에
불을 지피다가 흙에 있던 칼빈 총알이
솥단지를 뚫고 나온 땅
벼가 익을 무렵
온통 한문이라 읽지도 못한
낡은 등기 한 장 들고 찾아온 서울 놈이
자기 땅이라고 우기던 땅
촌것이 난생 처음 법정에 나가
벌벌 떨다 말도 못하고 빼앗긴 땅
소작으로 붙이는 논에 가다가도
멀찍이 바라보면 목이 메이는 땅

수복 지구7
–우리들의 학용품

기관총 탄피 주워 색연필과 바꿨지
박격포 파편 주워 연필과 바꿨지

칼빈 총알 주워서 지우개와 바꿨지
삐라 열 장 주워서 공책과 바꿨지

그렇게 배운 반공 이념은 총알보다
강하게 내 머리에 박혀 버렸지

넝쿨손

폐허가 된 노동 당사에 올랐다가
문득 월정 역이 보고 싶어 가는 길
방금 지뢰밭을 기어 나온
칡 넝쿨손이 내게 구원을 청한다

지뢰밭에서 꽃이나 피우는
아카시아는 모를 것이다
기어서라도 찾아가야 하는
그리운 곳이 있다는 것을
뼈마디가 으스러지도록
안아 보고 싶은 사람이 있다는 것을

넝쿨이 손을 뻗어 잡으려는 세상은
철조망 안에도 없었고
철조망 밖에도 없었다
넝쿨손을 잡아 주는 사람도 없었다
얽히고설킨 넝쿨 손아귀를 빠져나온
산비둘기가 불쑥 날아오르는 하늘
코브라 헬기가 맴돌고 있다

용화동에서

용화동 뒷산에는
개구멍받이
이념의 자궁이 있다

찢길 대로 찢긴 산자락 밑
희멀겋게 드러난 치부에
뜨겁게 몸 달은 박격포는
사마귀같이 난폭한
마지막 섹스를 한다

체념한 계곡은
옷매무새를 추스릴 겨를 없이
사지를 벌리고
종일 그 짓거리를
무감각하게 받아내고 있다

가끔씩 잉태된 분노도
귀속을 긁어내는

폭탄 소리에 낙태되고
둔덕을 흐르던 양수는
어느새 큰 저수지가 됐다

오늘도 용화동 뒷산에는
목적 잃은 불발탄 떨어지고
저수지 심연에는
우리들 귓속을 기어 나온
달팽이들이 바벨탑을 쌓고 있다
방언의 심판을 기다리면서……

* 용화동에는 우리나라에서 가장 큰 사격장과 저수지가 있음

철마 가죽

월정역에서 말리고 있는
철마 가죽을

둥둥 고향 가는
큰북으로 만들어 볼 거나

딩가딩가 통일 춤추는
장구로 만들어 볼 거나

둥굴둥굴 공 만들어
우리 축구 한판 할 거나

내가 뒤집어쓰고
원산까지 달려 볼 거나

신탄리 닭장
-李氏 할머니 증언

해방군, 러시아 군인들이 몰려오던 날
누군가 나누어 준 깃발을 흔들던
여자들은 즉시 사냥감이 되었다

군인들은 젊은 여자들을 골라서
신탄리 역 근처 칸막이가 있는 시설에
모두 밀어 쳐 넣었다

조금이라도 반항을 하면
군홧발과 총 개머리판으로 짓이겨
사람 구실 못하게
만신창이를 만들었다

그리고 해가 떨어지자
여자들은 하나씩 골라서
자신들 성욕을 채웠다

일을 치른 뒤에도

여자들을 돌려보내지 않고
다시 가두어 두고서
기회가 있을 때마다
자신들 노리개로 재활용 했다

여자를 찾으러 나섰던
남정네들은 닭장 근처에서 들리는
비명을 듣고도
돌아서서 담배만 피울 뿐이었다

운이 좋아 잡혀가지 않은 여자들은
얼굴에 검댕칠 하고
미친년처럼 산발을 하고도
낮에는 다니지 못했다

신탄리 닭장 이야기는
지금도 밝힐 수 없는 비밀이다

제 3 부

어머니1

-민들레

오라버니 피난 보따리에 얹혀와
철원 들녘에 뿌리 내린 나는
평안도 민들레지요

평생 밭고랑에서 살다 보니
이파리는 갈래갈래 찢어지고
곱던 피마져 희게 삭은 뿌리는
몇 밤을 우려내도
쓰디쓴 맛만 남았지요

황해도 서방을 앞세우고
땡볕에 키운 자식 훌훌 떠나
쭈그렁이 대궁만 남아도
이 들녘을 떠나지 못하는 것은
고향 가는 날을 기다리기 때문이지요

시린 허리로 돌아눕는
긴 겨울이 가고 나면

봄 밭고랑에서

가장 먼저 싹을 내미는 나는

철원 민들레지요

어머니2
-반달 호미

밤에도 호미를 들고
김을 매고 있는 사람이 있다

한낮에는 고추밭 김을 매는
꼬부랑 할미이지만
밤만 되면 고향 언덕 감자밭에
열여섯 처녀가 되는 사람이 있다

밭고랑 김을 매다가도
고향 감자밭 알이 드는 생각에
뜯어도 뜯어도 가슴에 무성한 풀을
힘주어 뽑는 사람이 있다

몸져누운 밤에도
긴 밭고랑에 풀은 자라지만
가슴에 걸린 호미를 쥐면
신이 나는 사람이 있다

새벽 반달이 오래된 호미 같아
물푸레 자루를 만들어
한달음에 고향 열여섯 처녀로
돌아가고 싶은 사람이 있다

어머니3
-첫눈

첫눈이 오는 날 어머니는
저를 업고 학교까지 가셨지요
아껴둔 흰 고무신을 꺼내 신고
국민학교 1학년이던 저를 업고
금학산 눈보라를 맞으며
학교까지 가셨지요
교문 앞에 내려놓지 못하시고
기어이 조개탄 난로를 피워 놓은
교실까지 저를 업고 가셨지요
그때 운동장에 남겨진 어머니 발자국은
이내 눈에 지워졌지만
어느새 어머니 머리에 흰 눈이 내리고
든든하던 허리마저 시린 바람이 드는 겨울
불현듯 첫눈이 내리는 날이면
저는 한달음에 달려가 야윈 어머니를
업어 드리고 싶습니다

어머니4

–오덕리 개울에서

감탕물 흐르는 오덕리 개울에서
찌그러진 냄비 하나 보았습니다
때에 찌들어 뒹구는 냄비에는
내 어린 추억이 담겨져 있습니다
화덕에 검게 그을린 냄비를
어머니께서 정성으로 닦아 쓰던 시절
나는 엿이 먹고 싶어
부엌에 걸린 흰 냄비를 발로 밟아
엿장수에게 가져간 적이 있었습니다
차마 집에 가지 못하고
오덕리 개울가를 빙빙 돌고 있을 때
땅거미 속에서 불쑥 나타난 어머니는
아무 말도 하지 않으셨습니다
그날 오덕리 개울을 따라 건던
어머니 긴 그림자는 아늑했습니다

어머니5
—유행성출혈열

몸에 열꽃이 피면
밤새워 눈물로 지키시던

손끝이라도 베면
흰 치마폭으로 감싸시던

몸에 사모의 열꽃
환장할 정도로 피어 있는데

온몸 구멍에서
핏물이 터져 나오고 있는데

오마니

아버지1
–질경이

허리가 늘어질 정도로 밟혀야 봄이 온다고 했다
땡볕에 등짝을 태운 뒤에야 여름이 온다고 했다
뼈마디가 짓이겨져야 가을이 온다고 했다
등골이 다 빠져나가야 겨울이 온다고 했다
짓밟힌 자리에 다시 씨를 심는 것을 희망이라 했다
힘없는 이 천 만근 발걸음을 느껴야 사는 것이라 했다

농부인 아버지는

아버지2

–낫 한 자루

저기 아버지가 쓰던 낫이 걸려 있다
저 낫으로 앞산 참나무 오리나무를 베어
아버지가 삼 년 병치레하던 뒷방에
군불을 지펴 놓고
야윈 손을 잡아 보고 싶다

낫 한 자루만 있으면
추수를 하는 논에서나
나뭇단을 지고 오던 산에서나
당당한 가장이었던
아버지 따스한 정이 그리워지는 날
철없는 아들 손을 잡고
묵묵한 빛으로 세상을 밝히고 있는
초승달을 바라본다

아버지 손때 묻은 채
하늘에 걸린
낫 한 자루를 바라본다

아버지3

–검정 엿

삼 년 병치레하던 아버지를 위해 친구에게
검정 엿 세 덩이를 얻어 온 적이 있었습니다
두 덩어리는 아버지에게 드리고
한 덩어리는 감춰 놓은 적이 있습니다
아버지가 더 먹고 싶어 하는 기색을 보여도
저는 없는 척 하다가 밤늦게 마당에 나가
검정 엿을 급히 먹다 목에 걸리고 말았습니다
숨이 막히고 가슴이 답답한 내 등짝을
누군가 두드리고 있었습니다
병색이 완연한 아버지가 힘없이
제 등을 두드리고 있었습니다
나는 차마 돌아보지 못하고
먼 산만 보고 있었습니다
그것이 아버지의 마지막 사랑이었습니다

아버지4

–소금 꽃

봄부터 소금 꽃 핀 얼굴로
아버지가 앉아 쉬던 논두렁
흰 억새꽃이 피고 있네

작은 꽃잎 하나 입에 물면
짠맛이 날 것 같네
아버지 몸 냄새
구수하게 날 것 같네

저녁 된장국에
억새꽃 따서 넣으면
이자 때문에 식욕 없는
아버지 입맛이 돌아올지 모르겠네

빈 들판에 뿌려지는
작은 흰 꽃들은
봄의 싱싱한 꿈을
상하지 않게 하는
소금 꽃인지도 모르겠네

외삼촌

외삼촌은 열여섯 학도병으로
낙동강 근처까지 내려갔던 인민 해방군
부식수령 하던 길에 탈영을 하여
질긴 목숨줄 끌고 고향 정주까지 살아와
외삼촌 배를 타고 월남한 사람
열여덟에는 국군에 입대하여
백마고지 전투에서는
고향 하늘 바라보며 목 놓아 울었고
죽은 군인들 틈에서 발견한
옛 인민군 중대장을 서둘러 묻고
대성통곡을 했다는 외삼촌도
육십 고개를 넘기지 못하고
월하리 양지쪽에 묻혔지만
외삼촌은 진정한 우리나라 군인이었다네

삼 남매

둥실 뜬 대 보름달을 보고
아버지 몹쓸 병
씻은 듯 낫게 해달라고
삼 남매가 고이고이 빌던 밤에

우리 아버지는
삼 남매 고사리 손을 뿌리치고
어머니 고운 손을 놓고
달빛에 젖은 발걸음으로
어찌 이승을 떠나 가셨을까

호로 자식이 된 삼남매 통곡을
어찌 듣고 가셨을까
청상과부가 된 어머니 절규를
어찌 듣고 가셨을까
외삼촌 절절한 초혼가를
어찌 듣고 가셨을까

다 감겨 드리지 못한
아버지 눈가에 눈물 한방울
우리 삼 남매 가슴에 맺혀
아직도 반짝이는데

대보름이면
둥실 만월이 떠올라
삼 남매를 굽어보고 있는데

겨울
–금학산

일곱 살 때 겨울이던 가요
부모님은 내게 두 동생을 맡기고
나무하러 가시고는 했지요

문 앞에 서있던 우리 삼 남매를
몇 번이고 돌아보시며
금학산으로 나무하러 가시고는 했지요

기다리다 지쳐 잠들은
아득한 꿈결 속이던 가요
삼 남매를 부르는
어머니 목소리에 문을 열면
산비탈을 내려온 바람이
우리 귓불을 먼저 쓰다듬었고

저만치 아버지 지게 뒤에서
저녁 햇살에 빛나던 산등성이를
눈이 부셔 바로 볼 수 없었지요

물론 겨울밤 아랫목을 데워
삼 남매 뼈마디를 키워준 것도
지금은 꾸부정한 부모님 등허리와
금학산 자락 나무였지요

봄
–금학산

입술이 새파래지도록 따먹던
진달래 참꽃이 지고
우리 집 쌀독 바닥이 보일 때면
어머니는 금학산으로
나물 뜯으러 가셨지요

식모살이 간 이모 분 냄새나는
아카시아 꽃그늘에서 놀다
금학산을 향해 어머니를 부르면
빈 메아리만 돌아 왔지요

날이 저물어서야 산길을 따라 오시던
어머니 머리 위에 흰 수건이 보이면
나는 검정 고무신을 벗어 던지고 달려갔지요
괜스레 서러운 눈물을 흘리며 달려갔지요

된장 나물국 냄새 자욱한 저녁
사방공사에 간 아버지는 돌아오지 않아도
산마루에서는 뻐꾸기가 울고 있었지요

여름
–금학산

텃밭에 자주감자 꽃이 필 때면
어머니는 금학산에서 구절초를 캐오셨지요

타래타래 엮어 처마에 걸어 두었다가
닷새 동송 장날이면
개울 건너 약초 집에 팔아
쌀 됫박이나 생선을 사오셨지요

화덕 불에 생선을 구워 먹은 그날 저녁
어머니는 평북 정주 곽산에 두고 온
외할아버지 외삼촌 이야기를 하셨지요

눈을 감고 고향 추억 하나하나를
끄집어내어 다시 확인하셨지요

가끔 별똥이 떨어질 때 어머니 눈가에서
반짝이던 눈물 의미를 모르는 내가
슬며시 돌아누워 잠이 들면

어머니 이야기를 끝까지 들은 것은
저 금학산이었지요

가을
–금학산

운동회 날에도 어머니는
금학산으로 도토리 따러 가셨지요
흰 운동화 대신 검정 고무신
군복에 물들인 반바지 입혀 놓고
쌀밥 도시락을 들려주시면서
금학산 도토리 따러 가셨지요
오색풍선 만국기 걸린 운동장
엄마 손 잡고 달리기 경주에서
출발 호루라기 울려도
나는 가슴이 터져라 달리지 못하고
금학산을 바라 봐야했었지요
친구들이 화약총을 가진 것도
도시락 혼자 먹은 것도
정말 서럽지 않았는데
집 마당에 널린 알 도토리에
왈칵 눈물이 났었지요
도토리 까시던 어머니가 슬쩍 닦던 눈물은
아직도 내게는 소중한 비밀이지요

* 이 시는 나중에 금학산 사계절을 맞추기 위해 쓴 것입니다.

도피안사, 1950년 6월 22일
-총알받이

"종구야! 밤이 되면
사촌 형을 찾아와라."

마을 장정들에게 도피안사 마당으로 모이라는
통지를 받고 간 종구를 보자
인민군 간부로 있는 사촌 형이
사색이 돼서 신신당부했다

절 마당에는 철원읍 인근에서 모인
장정들만 삼백 명이 넘었고
아담한 산자락에는
평소보다 긴장한 인민군들이
총을 들고 지키고 있었다

주먹밥을 저녁으로 받아먹고
인민군 막사를 찾아간 종구에게
사촌 형은 훈계할 게 있다고
따라오라 하더니

지금도 흐르는 도피안사 아래
개울 논두렁 밀어 넣으며
며칠 숨어 있으라 했다

인민군 경계가 심해서
도망갈 엄두도 못 내던
사흘째가 되는 밤
도피안사에 모인 마을 장정들을
태운 트럭들이 남쪽으로
쏜살같이 달려가더니
주변 인민군들도 다 사라졌다

그때 내려간 장정들은
모두 총알받이가 되었고
종구 한 명만 살아남았다.

제4부

도피안사1
—풍경

색 바랜 단청 추녀 끝에
장날 어머니가 사 오시던
조기 한 마리 걸려 있네

구운 조기 살점을
내 밥숟가락에 얹어 주시던
어머니 흐뭇한 미소
대웅전 부처님 얼굴에서 보네

내 마음속에는
어머니를 생불生佛로 모신
절 한 채 있고
처마 끝에는
살찐 조기 한 마리 걸려 있네

도피안사2

–소풍

생각해 보면 아득한 국민학교 1학년 때
곱던 울 엄마 손목 잡고 봄 소풍을 와서
난생 처음 뜨겁고 찝찔한 사이다 맛을 보던 나를
대웅전 문틈으로 빙그레 바라보던 부처님

그때부터 세상을 떠돌던 놈이 봄날이라고
여덟 살짜리 딸년을 앞세우고 머리 조아리니
빙긋 미소 사이로 한 세대가 속절없이 가고
내게는 찝찔한 눈물만 남았습니다 부처님

불안한 밤

포 소리가 들리지 않는다
총 소리가 들리지 않는다

탱크 소리도 들리지 않는다
트럭 소리도 들리지 않는다

내 귓속의 낯선 침묵에
평형감각이 개처럼 짖어대는 밤

예리한 고요가
온몸 세포를 찔러대는 밤

제5 검문소

길이 끝나는 곳에 검문소가 있다
애지중지하던 자유도 여기서 끝이 났다
초병은 내가 우익 좌익도 아닌
불온한 회색분자라는 사실에
총구를 들이댈 것 같다
사진 촬영이 금지된 지역이라면
내 눈이 카메라가 되어
이 검문소를 인화해 두마
검문소를 서성이는 내 발은
내 것이 아닌지도 모른다
길 끝을 넘겨다보는 생각도
검문소에 막혀 있는지 모른다
내 기억 속에서는
지워진 길들이 꿈틀거린다

자장가

내 꿈나라에서
어머니는 텃밭 감자를 키우는
아름다운 정원사였고
아버지는 삽을 둘러메고
아침마다 논으로 나가는
씩씩한 백작이었네

내 꿈나라에는
폿소리 총소리가
큰북 작은북처럼 울리고
비행기 소리마저
천상의 자장가로 들렸었네

나는 꿈나라에서
탱크와 트럭을 가지고
지뢰밭에 핀 꽃 속에서 놀고
비무장지대를 기어서
넘나들며 놀고 있었네

내 꿈나라에서 들었던
정겨운 자장가와
손때 묻은 놀잇감을
우리 아들이 꿈속에서
지금도 가지고 놀고 있네

가을 단상

단풍이 들어
그림자조차 붉은 산
칡넝쿨 얽히고설켜
노랗게 물든 능선 아래
집 한 채 짓고
갈대밭 일구고 살면
더없이 좋을 것 같은데
발길을 막은 철조망에서는
녹슨 지뢰 팻말이
바람에 쩔렁거린다

어물전에서

아들아 사랑하는 내 아들아
어물전 도마 위에
두 토막 난 고등어 신세가
바로 우리나라란다

비린내에 고개 돌리지 말고
생선 토막 사이에
굳어진 피를 보아라
허리 잘린 고등어 슬픈 눈을
똑똑히 바라보아라

칼날이 닳도록
도마가 깨어지도록
생선 토막토막을 쳐내도
언제나 바닷속에는
고기들이 살아 펄떡인단다

백두산 참숯으로 구워도

짜디짠 맛만 나거든
허리 잘린 고등어
절여진 눈물로 생각하자꾸나
아들아 사랑하는 내 아들아

땅

땅의 허리를 끊은
사악한 이념도
석굴암 천년 미소 앞에서는
순한 양이 되겠지

온 산야에 숨겨둔
뜨거운 화약 덩어리
청자 백자 안에 담으면
누릿누릿 된장이 되겠지

비행기도 탱크도
주몽의 번개 화살을
피하지는 못해
동이 민족혼 불러
만주 벌판 달리는 꿈꾸겠네

계림 천년 바람 불면
녹이 스는 철조망 아래

봄이면 풀들
함성喊聲 들리겠네

추곡 수매

몸을 파는 계집의 마음으로
볏가마니를 내놓는다
1등품 2등품 등외품
낙인을 찍기 전에
내 가슴에 맛 보증 도장이
서너 개 찍혀 있어
이까짓 것 수매해야
이자 돌려 매고 나면
쭉정이 통장만 남는데
농협에 취직한 딸년이
애비 이자 계산하느라
밤을 새고 있는 세상에서

그럼
이 농투산이 인생은 몇 등품이냐

맞보증 서러 가는 길

여보게
조합에 맞보증 서러 갈 때
무엇을 가지고 가야 하지
자네 인감도장
내 인감도장만 있으면
또 일 년은 무사하다네
눈덩이 같이 늘어난 이자만 내면

우리는 지뢰밭 일구며 살아온
살아온 삼십 년 친구
네가 경운기 사면 나도 사고
네가 콤바인 사면 나도 사고
네가 소를 키우면 나도 키우고
가을마다 조합 빚보증도
품앗이하는 둘도 없는 친구

귀 떨어진 인감도장을 찍던
자네 쭈그렁이 손이 애처로워

막 쐬주라도 걸치고
꾸부정한 어깨동무하고 돌아오는 날
아는가 친구여
옛날엔 교회가 가장 큰 건물이었는데
지금은 우리들 조합이
눈물 나게 가장 크다는 사실을

저녁 강

예전 같지 않다고
투정을 받는 강에
저녁이면 몸을 씻는 것이 많다

모내기 끝내고
삽을 멘 채 천천히 걷던 농부는
긴 그림자를 금빛 물결에 씻고
두 어 걸음 뒤에서
달그락거리는 함지박을 이고 가는
농부의 아내도 그림자를
잔 여울에 씻는다

마을 저녁연기는
강에 몸을 씻어
맑은 정신으로 하늘로 가고
희미한 등불도
강물에 씻은 뒤에야
집집마다 초롱초롱 내 걸린다

더 늦은 저녁 강에는
초저녁 별들이 내려와
몸을 씻는 소리가 들린다

감자 싹

사흘 밤낮 소복素服한 눈이 내리고
바람이 곡哭하는 1월에도
아가리를 묶인 포대자루 안에서는
야윈 네 주먹만한 감자가
비수 같은 싹을 키우고 있음을
우리는 알고 있다

손도 발도 필요치 않고
빛의 세포마저 말라죽은
지하실 벽을 두드리던
깨진 내 주먹만한 감자가
퇴화된 눈을 더듬 더듬어
그리운 4월로 가고 있음을
우리는 알고 있다

나의 외침을 기억하는 이 없고
너의 노래를 합창하는 이 없어도
그날 그 거리를 채웠던

우리들 두 주먹만한 감자는
무릎이 닳도록 엉금엉금 기어
뜨거운 5월로 가고 있음을
우리는 알고 있다

복개천에서

결국 나는 복개될 것이다
주접스런 시詩 몇 편 남기고
정갈한 자갈밭에 버들치 송사리 떼
어린 시절을 견고하게 덮어놓고
지상에 가지를 뻗은 내 생生에서는
얼마나 절망의 시궁창 냄새가 나던가

늘 푸른 강이고 싶었던
나는 이름조차 지워진
기억 저편 실개천으로 흐르고 있다
꾸정물 퇴수물 비누 거품에 섞여
똥도 물도 아닌 채
암울한 미궁 속으로 빠져들고 있다

고백하고 싶다 포장마차에서
투명한 잔을 권하는 이방인에게
발아래를 흘렀던 소주보다 맑은 물이
지금 내 가슴을 취하게 한다는 것을
파를 썰면서 매운 눈물을 찍어내는

포장마차 여주인이 실개천에서
빨래를 하던 봄처녀였다는 사실을

나는 어디로 흐르고 있는가
복개천 위를 맴돌다 지친 밤
치밀하게 조여오던 어둠의 벽을 뚫고
떠돌이별이 날아간 자리에서 쏟아지는 빛
그 틈새로 기어 나가면
내 생生을 복개한 당신을 만날 수 있을까

새벽

사람들이 신선하다고
종교처럼 믿는 새벽은
몇 시간의 추악한 어둠 속에서 저질러진
끈적끈적한 욕망을 닦아 낸 것으로
난잡한 폐허이고
어느 쪽방 핏자국같이
허망한 기억들로 얼룩져 있다

역사를 이루어 냈건
연인들이 만리장성을 쌓았건
우리들 새벽은
성당 참회 종소리로부터 다가오고 있다
종말이 얼만 남지 않았다고 떠들지만
우리가 심판 받아야 할 죄목은
너무 쓸모없는 것에
광신적이라는 이유일 것이다
특히 처녀 귀신 치마끈도 풀어 내릴 수 있다고
믿는 돈에 대해서

이맘때쯤 퇴근하는 사람들이
꼬깃꼬깃 구겨진 골목길 입구에서
누군가 토해낸 양식을 허겁지겁 먹던
늙은 개와 부딪쳤을 때
그가 내보이던 겸연쩍은 흰 이빨
비루먹은 털끝에 기생하던 어둠들은
일제히 고개를 쳐들어
코끝까지 다가선 여명에 놀라
벼룩처럼 튀어 달아나고
미처 도망치지 못한 쪼가리들을
꽁지 빠진 빗자루들이
뼈다귀가 부서져라 쓸고 털어
종량제 봉투에 담아 놓은 새벽

그리고 한참 지나서야
백수건달 해가 떠오르려는지
앞산이 새빨개지기 시작한다

뻐꾸기

엄니 왜 나를 할미새 둥지에 버렸소
나는 할미새가 엄니 인줄 알았소
삐삐 할미새 노래를
목구멍에 피가 나도록 배웠지만
뻐꾹 뻐꾹 소리만 났소
할미새 둥지에서 쫓겨나
이 산등성 저 산마루를 떠돌 때
엄니 원망을 많이 했소
다시는 이 산을 찾지 않으마
입술을 깨물며 돌아섰소
봄이 오자 엄니를 찾아
이 산에 다시 오고야 말았소
철쭉꽃 그늘에 앉아
엄니 엄니 부르고 있소
온 산 가득 엄니를 찾는
메아리만 가득한 채 봄이 가고 있소

눈물 젖은 초콜릿

남쪽 피난길에 나선 서방이
한달 만에 관전리 뒷산에서
총살당한 채 발견돼서
두 살짜리 딸년 껴안고
몸져누운 과부 안방으로
여자 냄새를 맡은 흑인병사가
문을 차고 들어 왔다

군홧발로 이불을 걷어 던지자
엄마 품에 안겨 있던
두 살짜리 딸이 놀란 눈으로
흐느끼기 시작을 했고
미군 병사는 황급히 버클을 풀었다

이미 포기한 엄마는 눈을 감았고
어린 딸은 직감적으로
울기 시작했다

순간, 흑인 병사는 딸을 무심히 바라보다가
검은 손으로 볼을 쓰다듬고
슬며시 바지춤을 여미고
겸연쩍은 표정으로
씨레이션 상자를 던져 놓고 사라졌다

과부는 잽싸게 문을 걸고
씨레이션에서 초콜릿을 꺼내
딸에게 한 개 주고
자신도 한 개 먹으려다가

무서워서 우는 딸년 눈물
과부의 서러운 눈물에
초콜릿만 젖고 있었다

발문 · 첫 시집을 내며 · 시인의 산문 및 말

정춘근 시인의 첫 출항에 응원을 보내며

민영(시인)

전쟁의 포화가 멎은 지 50년이나 되었건만 아직도 예리한 긴장이 감돌고, 아물지 않은 민족 분단의 상처로 폐허가 된 도시의 잔해로, 휴전선의 철조망과 끊어진 산허리의 붉은 흙으로 남아 있는 곳이 내 고향 철원이다.

지뢰가 묻힌 멍든 땅을 빼놓고는 아무것도 남아 있을 것 같지 않은 그곳에 문학의 깃발을 세우고 서울에 있는 나한테까지 소식을 전한 것이 불과 5년 전, 그 철원문학회의 젊은 동인들 속에 이 시집의 주인인 정춘근도 끼여 있었건만 나는 첫 만남에서 그를 알아보지 못했다.

정춘근의 첫인상은 우리가 흔히 말하는 문학적인 초상과는 거리가 멀었다. 그의 약간 모가진 둥글넓적한 얼굴은 풍부한 감성으로 정열적인 다감한 모습이지도 않았고, 날카로운 감각과 지성이 번뜩이는 예술가적인 풍모도 아니었다. 한마디로 말

한다면 지방민다운 평범하고 성실한, 그러면서도 생활에 여념이 없는 사실적인 얼굴을 하고 있었다. 그럼에도 불구하고 정춘근이 보여주는 몇 편의 시 속에서 '질경이'를 발견했을 때 이 평범한 얼굴을 가진 젊은이가 어쩌면 내 고향의 끊어진 시의 맥을 이어 줄 금학산의 칡뿌리가 될 수 있을지도 모르겠구나 하는 생각이 들었다.

허리가 늘어질 정도로 밟혀야 봄이 온다고 했다
땡볕에 등짝을 태운 뒤에야 여름이 온다고 했다
뼈마디가 짓이겨져야 가을이 온다고 했다
등골이 다 빠져나가야 겨울이 온다고 했다
짓밟힌 자리에 다시 씨를 심는 것을 희망이라 했다
힘없는 이 천 만근 발걸음을 느껴야 사는 것이라 했다

농부인 아버지는

-「질경이」 전문

이북에서 넘어온 피난민으로 이 땅에 정착하여 지뢰가 묻힌 남의 땅을 경작하며 어렵게 살아야 했던 농부인 아버지. 그 아버지의 찢어지게 가난한 삶을 통해서 신고(辛苦) 끝에 찾아올 희망을 내다보는 시인의 눈과 마음이 힘차고 당당하다. 그리고 이러한 눈뜸은 머지않아 이 시집의 표제가 되는 '지뢰꽃'의 세계로 이어지는데 "지천으로 흔한/지뢰를 지긋이 밟고/제 이념에 맞는 얼굴로 피고 지는/이름 없는 꽃//꺾으면 발밑에/뇌관이 일시에 터져/화약 냄새를 풍길 것 같은..." 지뢰꽃(과연 그런 꽃이 있는지도 알 수 없지만)의 정서 속에서 분단의 아픔을 그 누구보다도 짙게 노래하고 있다.

이 사람아, 정춘근 이제야 나는 자네를 저 거센 파도가 휘몰아치는 문학의 바다 한가운데로 떼밀어 보내네. 아직은 일엽편주, 한 잎의 작은 조각배에 불과한 자네의 시가 저 휘몰아치는 격랑 속에서 무사히 항해를 마치고 돌아올 수 있을지 가물가물하지만, 전쟁으로 얼룩진 내 고향에 자네의 시가 통일의 봄소식을 물고 올 전령이 되기를 바라면서 첫 출항의 깃발에 힘찬 박수로 응원을 보내네.

부디 부지런하고 용감하고 지혜로와라.

- 2000년 8월

첫 시집을 내며

첫 시집을 세상에 내놓는다.

나는 어머니 자장가보다 총소리 총소리를 더 많이 듣고 자랐다. 지뢰밭, 비무장지대, 노동당사로 대표되는 6.25의 참혹한 전쟁 잔해와 군인들의 훈련받는 소리, 새벽마다 들리던 대남 방송 등에서 느끼던 무장평화의 불안한 현실 여건이 내 시의 기본적인 이미지로 자리 잡고 있다고 생각된다.

주인 없는 묵정밭을 개간하다 지뢰에 발목이 끊어지던 어른들과 폭발물 사고로 손가락이 절단되는 친구들을 이웃으로 살아온 내게는 지역 아픔 하나하나가 시적인 뿌리로 남아 있다.

그 시절 황량한 수복지구에서 목숨을 걸고 삽을 들었던 우리들의 아버지와 호미를 잡았던 어머니들 아픔을 제대로 썼을까 하는 의문이 들지만 용기를 내어 지역적 정서가 내재되어 있는 것을 위주로 책을 묶어 보았다.

현대처럼 복잡하고 어려운 이미지를 구사하는 문학에 익숙한 분들에게는 당혹스러운 글이 될 수도 있다는 생각 속에서 분단이나 수복지구 아픔을 느끼는 분들에게 공감을 얻을 수 있었으면 하는 바람이다.

첫 시집을 내면서 시적인 감성을 물려주신 홀어머니와 시에 눈을 뜨게 해주신 민영 스승님의 하해와 같은 은혜에 큰절을 올리고 싶다. 묵묵히 옆에서 지켜보고 있는 아내에게도 고마움을 전하고 매달 합평회를 통하여 문학의 길을 같이 가고 있는 철원 문학회원들과 어려운 여건 속에서도 시집을 출간 해주신 출판사에도 감사드린다.

내 삶에 있어서 시는 빛이고, 그 빛은 내 생명이 존재하는 한 같이 있을 것이다.

2000년 9월 정춘근

2000년 9월 출판한 시집 『지뢰꽃』은 저자도 모르게 세상에서 사라졌고 출판사도 문을 닫아 중고서적에서도 구할 수 없었다. 그런 아쉬움을 갖고 있으면서 여러 권의 시집을 출간했다. 그럼에도 첫 시집에 대한 갈망은 점점 커져 기회가 있다면 증보판을 내고 싶다는 생각은 간절했지만 사정이 여의치 않아 마음의 숙제로 남겨 두었었다. 그런데 《실천문학사》에서 『지뢰꽃 마을, 대마리』를 출간할 때 이런 사연을 말한 게 인연이 돼 이제야 증보판을 발간하게 되었다.

첫 시집 발간 이후 내 탯줄을 묻은 철원에도 많은 변화가 있었다. 한 시대를 지배했던 극단적 반공이 같이 사는 평화로 바뀌었다. 실향민 1세대가 지배했던 사회적 주도권이 2세대로 넘어가면서 우리 생활을 아우르던 이념의 영역이 축소되었다. 점점 자리를 잃어가던 이념이 한곳으로 모이게 됐는데 그것이 옛 노동당사이다. 원래 노동당사는 철원이 인공치하에 있을 때 지어진 건물이었고 실향민들에게는 증오의 대상이었다. 대표적인 사례로 광장에서 관광객들을 대상으로 음료를 팔던 매점 간판을 '노동당사 매점'이라고 걸었다가 '여기가 북한 땅'이냐는 이념 시비에 휘말려 강제로 철거될 정도였다. 이런 지역 분위기 때문인지 노동당사는 철저하게 버려진 건물이었다. 그런데

'서태지와 아이들' 이 대중가요「발해를 꿈꾸며」의 뮤직 비디오를 여기서 촬영해 방송함으로써 전국에 알려지게 됐다. 이어서 당시 주말 인기 음악 프로그램 이었던『열린 음악회』가 생방송으로 전국에 중계되면서 벼락 인기 관광지로 탄생했다. 이후 노동당사는 인공치하 당시 북한 정권이 지은 건물 중에 온전한 형태로 남아 있는 유일한 유적으로 자리 잡으며 현재에 이르고 있다.

노동당사는 본인에게 특별한 인연이 있다. 우선 첫 시집의 제목이 되었던「지뢰꽃」 시비(詩碑)가 광장에 있다는 것이다. 「지뢰꽃」은 말 그대로 지뢰 위에 뿌리를 내리고 핀 꽃이다. 지뢰가 폭발하면 전부 찢겨지는 슬픈 꽃의 이야기다. 이 글에는 사연이 있다. 옛날 철원은 사흘이 멀다하고 비상이 걸려서 전투태세에 들어갔었다. 밤이면 천지를 흔들면서 북쪽으로 향하는 탱크 소리, 트럭 소리, 완전무장을 하고 북쪽으로 향하는 군인들 군화 발자국... 전쟁을 경험한 실향민 어머니는 나와 동생들을 껴안고 '이 불쌍한 것들은 어떻게 하냐'면서 밤을 새우셨다. 그때 느낀 공포를 바탕으로 쓴 글이다. 단지 접경 지역 철원에 사는 사람들만의 이야기가 아니라 무장한 평화 위에서 아슬아슬 줄을 타는 것 같은 우리 민족 모두의 이야기를 작품으로 만든 것이다. 이런 사실을 알고 있던 군청에서 노동당사에 필요한 시비라고 판단하여 세웠다. 노동당사의 이미지와 시가 잘 어울린다는 생각을 하고 추진한 것이었다. 가끔 노동당사에 가보면 관광객들이「지뢰꽃」을 읽고 공감하는 모습을 볼 때는 보람을 느낀다.

특별한 날이 오면 우리나라 방송국들은 경쟁이라도 하듯 노동당사를 찾는다. 한국전쟁 기념일, 휴전을 조인한 날과 남북 관계에 특별한 의미가 발생하면 어김없이 노동당사에 와서 카메라를 들이댄다. 어느 날 방송 촬영을 하는 관계자들에게 우리나라가 분단된 지 얼마나 됐냐고 물으면 아는 사람이 없다는 것에 놀란 적이 한두 번이 아니다. 이런 일을 통일 전문가들도 확실하게 답을 하지 못하고 있는 것이 현실이었다. 그리고 노동당사 관광객들은 분단이 과거 이야기 또는 지나간 역사 정도라고 생각하고 있는 것 같았다. 한반도 분단이 지금도 진행 중이고 전쟁을 하다가 잠시 멈춘 휴전 상태라는 것을 인식하지 못하고 낭만적으로 이야기하는 평화나 통일은 뜬구름 잡는 것 같다는 생각이 들어 이것을 해결할 방안을 고민했었다. 어느 날 브루스 커밍스(Bruce Cumings, 1943년 9월 5일 ~)의 『한국전쟁의 기원』에서 미군정보고서를 근거로 언급된 '한반도 38선 분할이 1945년 8월 11일 새벽에 미국과 소련과의 밀약'에 의해 만들어졌다는 사실을 알게 됐다. 이것과 일왕이 1945년 8월 15일 정오 항복을 한 것을 근거로 분단의 시간을 계산해서 노동당사 광장에 통일 시계탑을 세웠다. 이 시계탑은 초 단위로 시간이 더해지고 있으며 GPS로 관리해 정전이 되어도 정상 작동되고 있다. 우리나라가 통일이 된다면 시간을 멈추어 보존해서 후손들에게 우리의 고통스럽게 보냈던 분단 기간을 반드시 알리고 싶다.

철원 사람들에게 전쟁의 아픔이 완전히 치유되지 않은 것은 어쩔 수 없다. 모든 것을 버리고 자유를 찾아 월남을 한 사람들이 많기 때문에 북한에 대한 증오심은 쉽게 없어지지 않는 것 같다. 그런 연유로 한국전쟁의 중심이었던 노동당사에서 행사를 갖는 것에 긍정적이지 않았다. 왜냐하면 남한 군인은 우리 편이고 북한 군인은 다른 편이라는 흑백 논리가 남아 있기 때문이다. 그런 현실을 안타깝게 여겨 6년 전부터 한국전쟁이 벌어진 전날인 6월 24일 음식과 술을 장만해서 개인적으로 추모제를 지내고 있었다. 이것은 시대를 잘못 만나 꽃다운 청춘을 바친 사람들에 대한 고마움을 표하는 것이 후손의 도리라는 마음이 들어 시작하게 되었다. 또 문인으로 지역 아픔을 형상화하는 과정에서 감사하는 마음이 들었기 때문이기도 하다. 이런 행사를 지켜본 철원 문인들이 동참을 하면서 2023년 올해는 '추모 공연' '시 낭송' '통일을 생각하는 낭독극' '씻김 몸짓'에 이어 제례를 올리는 행사를 가졌다. 지금 이 행사는 작은 규모이지만 세월이 흐르면 우리나라를 대표하는 한국전쟁 추모제가 될 것으로 기대하고 있다. 통일이 된 뒤에 남북한이 모여서 과거의 아픔을 공유하면서 함께 머리 조아려 추모제를 지내는 모습을 상상하며 속으로 흐뭇해하기도 한다.

노동당사 광장에 서면 정면으로 보이는 곳이 소이산이다. 옛날에는 봉화대가 있었고 한국전쟁 이 끝난 뒤에는 미군 레이더 기지가 있었다. 미군들이 핵전쟁에 대비해서 750미터 정도 지하 갱도를 구축해 놓은 곳이기도 하다. 지금은 모노레일이 설치되어 노동당사를 찾은 사람들 발길이 이어지고 있다.

정상에는 옛날 헬기 착륙장이 있는데 그곳에서 평강고원이 손에 잡힐 듯이 보인다. 또 금강산 가던 철길과 경원선 흔적을 더듬어 볼 수 있다. 고개를 숙여 북쪽을 보면 지뢰밭이 있다. 그곳은 일제시대 농림학교가 있었고 해방 이후에는 소련이 블라디보스크에 수감 되어 있던 죄수들에게 군복을 입혀서 보낸 소련군이 진주했던 곳이다. 군복 입은 죄수들이 선량한 철원 주민들에게 가한 폭력적 행동은 지금도 노인들이 치를 떨 정도이다. 이 지뢰밭과 붙어 있는 곳은 군사용 비상 도로로 묶여 있다가 2011년 둘레길로 개통이 됐다. 이 길은 본인 첫 시집 제목 「지뢰꽃」의 이름을 붙여 '지뢰꽃길'이 되었다. 이곳에는 철조망을 따라 철원에서 활동하는 작가들 작품이 걸려 있어 산책과 문화가 아우러진 길로 전국적으로 많이 알려져 있다. 그리고 이 길을 관리하는 지역 문인들이 힘을 모아 하늘이 열린 개천절 10월 3일에 '지뢰꽃길 시낭송회'를 10년째 개최하고 있다. 문인들만 참여하는 것이 아니라 지역의 미술, 서각, 음악 동호회 등이 자율적으로 모여서 세상에서 하나 밖에 없는 시낭송 시간을 갖고 있다.

마지막으로 본인이 오래전부터 꿈꿔오고 추진해왔던 특별한 일 하나가 완성되어 가고 있다. 그것은 노동당사 앞에 조성된 철원 역사공원 안에 대한민국 단편소설 완성자로 평가받는 상허 이태준 문학관이 2024년 건립되는 일이다. 상허 이태준 선생은 철원에서는 제대로 된 대접을 받지 못하고 있었다. 태생이 첩의 자식이고 양친의 사망으로 고아가 된 이후에는 한겨울에도 맨발로 다닐 정도로 어렵게 살았다. 철원 봉명학교를 졸업 후에는 작은 어머니가 제사용으로 쓸 북어를 사오라고 준 돈 60전을 갖고 '내 손으로 세상을 개척하겠다'는 꿈으로 원산으로 가출했었다. 우여곡절과 각고의 노력 끝에 당대 최고의 작가가 됐지만 해방 이후 좌익 문학 단체에서 활동을 하다 월북을 택했다. 북한에서는 제대로 된 작품 한 편 쓰지 못하고 숙청을 당해 생사를 모르는 상태이다. 월북 작가인 상허 이태준 선생은 실향민이 대부분인 철원에서는 절대로 받아들일 수 없는 척결 대상이었다. 다른 지역에서는 문인들을 선양하는 사업이 활발하게 이루어지고 있지만 월북 작가 굴레 때문에 상허 이태준 선생은 잊혀진 작가였다. 언급하는 것 자체가 금기시 될 정도로 철저하게 존재감이 없었다. 이를 안타깝게 여긴 서울대학교에서 상허 이태준 문학 세미나를 개최했는데 철원 원로들이 달려들어 발제자들 멱살을 잡아 끌어내려 행사가 무산될 정도였다. 이것을 지켜본 필자는 우선 상허 이태준 문학을 알리는 지역 신문 투고를 시작했다. 지금까지 수백 회에 걸쳐 연재하면서 이태준 선생의 문학 업적을 주민들에게 알렸다. 또 학생들을 대상으로 하는 '상허 이태준 백일장'과 해마다 11월 첫째 주 토요일 '상허 이태준 문학제' 등을 개최해 실향 2~3세대들이 거부감을 갖지 않도록 노력을 했다. 여기에 만족하지 않고 미래 문학관이 만들어질 것을 예상하고 15년 전부터 주머니를 털어서 『문장강화』, 『무서록』 등 각종 단편집을 구입해서 보관하는 등의 준비를 했다. 이 노력이 군민들에게 알려지고 작년 상허 문학관 사업 예산을 신청할 수 있었다. 다행인 것은 작가의 고서 100권 이상을 소장하고 있어야 신청이 가능한데 필자가 평소 구입해 놓은 선생의 고서가 120권 정도 되었던 것이다. 이제는 정부의 지원사업으로 상허 이태준 문학관 설계를 마치고 올해 하반기부터 착공해서 내년에 준공을 목표로 하고 있다. 그동안 경원했던 월북 작가 문학관을 세우는 것은 평화를 위한 진정한 초석이 되리라 생각한다. 증오심 대신 우리 작가라는 마음속의 포용은 화해의 시작이자 마지막이 되리라.

증보판을 발간하는 나의 문학은 총탄으로 구멍 난 노동당사 벽에 뿌리를 내린 이름 모를 풀과 같았으면 한다. 누가 봐주지 않아도 계절에 맞춰 꽃 피우고 열매 맺는 풀... 그것은 한국전쟁으로 모든 것이 다 무너진 폐허 위에 삽과 호미를 들었던 우리 어머니 아버지 같은 민초의 마음이었을 것이다. 그들의 눈물을 닦아주고 아픔들을 기억하는 작가로 남고 싶은 간절한 마음이 내가 글을 쓰는 이유의 시작이면서 끝이다.

2023년 6월 정춘근

시인의 말

"강원도 촌놈, 글을 쓰는 작부가 될래, 아니면 시인이 될래."

첫 시집을 내고 자신감이 하늘을 찌르던 시절이었다. 우리나라를 대표하는 시인들이 다 참가한 바닷가 문학 행사에 강원도를 대표해서 시 낭송 초청을 받았었다. 한껏 기세를 올리며 시 낭송을 하고 뒤풀이를 끝내고 숙소에 누워있던 나를 찾아온 생면부지 원로급 시인이 내뱉은 말이었다. 그는 이미 몸을 못 가눌 정도로 술에 취해 있었다. 발음마저 꼬일 정도로 정신이 혼미한 것처럼 보였다.

"문학은 이런 거창한 행사에 있지 않고, 네가 사는 사람들 속에 있다. 작가 되려면 당장 돌아가서 문단에 기웃거리지 말고 분단의 상징인 철원에 처박혀 너만의 글을 써라."

그 대성일갈(大聲一喝)에 나는 원로 시인의 눈을 바라봤다. 단호한 그의 눈빛에는 진심이 어려 있었고 문학 초년생을 진정으로 걱정하는 선배의 간절함이 배어 있었다. 원로 시인은 할 말을 다 했다는 듯이 돌아갔지만 나는 쉬이 잠을 이루지 못했다. 바늘 끝처럼 가슴을 찌르는 말이 귓전을 떠나지 않았다.

무작정 숙소를 나와 바닷가 백사장을 밤새도록 걸으면서 원로 시인의 말을 생각하고 또 생각했다. 마침 백사장에 놓여 있었던 벤치에 앉아 현대문학에 비해 볼품없어 보이는 내 시에 대해서 고민하고 또 고민을 했다. 도회지 풍의 글을 흉내 낼 수는 있겠지만 내 글은 아니라는 결론이었다. 그것이 원로 시인이 나 같은 철부지에게 바랐던 간절한 기대였다는 것을 알았고 그 깊은 사랑에 고개가 절로 숙여졌었다.

그날 이후 나는 문학 행사에는 발길을 끊고 우리 주변 사람들의 이야기를 글로 쓰고 있다. 대부분 실향민인 이웃들의 아픔을 공감하고 가만히 옆에서 들어 주고 있다. 문학은 힘없는 사람들 눈물을 닦아주는 손수건이라는 생각이다. 지금도 가끔 힘이 들면 강원도 촌놈인 나에게 문학의 길을 인도해준 대 원로 시인의 말을 떠올려본다.

"강원도 촌놈, 글을 쓰는 작부가 될래, 아니면 시인이 될래."

2023년 6월 정춘근

실천시집선 305
지리꽃

2023년 06월 25일 1판 1쇄 찍음
2023년 06월 25일 1판 1쇄 펴냄

지은이 정춘근
펴낸이·편집장 윤한룡
디자인 윤려하
관리·영업 이소연
홍보 고 우

펴낸곳 (주)실천문학
등록 10-1221호(1995.10.26)
주소 남양주시 퇴계원읍 퇴계원로 52 405호
전화 02-322-2161~3
팩스 02-322-2166
홈페이지 www.silcheon.com

ISBN 978-89-392-3133-7 03810